風聲

李長青

目次

【推薦序一】

看風聲、聽風聲
——讀李長青的《風聲》

方耀乾

　　長青是台灣新生代的優秀詩人，伊用台語寫詩，也用華語寫詩，兩種語言的熟黃度攏有法度掌控甲真四序，而且也已經寫出真優秀的詩作。這擺伊欲出版的是伊的第二本台語詩集，名稱號做《風聲》，這離伊2008年由聯合文學出版的台語詩集《江湖》，差不多已經有六冬久矣。這期間伊閣有出版兩本華語創作集《給世界的筆記》佮《人生是電動玩具》、以及讀一個碩士學位、寫一本碩士論文。算起來，伊真正是有認真咧耕作文學的田園。

　　這本《風聲》總共有四十首詩，分做四輯：「你坐佇我的心內」、「風聲」、「我的憂煩失栽培」、「戰爭不管時」。其中，輯一「你坐佇我的心內」有六首，攏是長青最近這幾冬參加文學獎得著頭賞的作品，是這本詩集裡上用心特意經營的詩作；輯二「風聲」有十四首，描寫佮文友往來的作品，有惜情也有傷情的詩作；輯三「我的憂煩失栽培」有十三首，主要描寫家己的心情的詩作；輯四「戰爭不管時」有七首，是觀看「返常：2013亞洲藝

術雙年展」（Everyday Life: 2013 Asian Art Biebbial）有感而寫的一系列作品。惟數量算起來，算是中範，毋過惟詩的質素來看，算是有大範。

下面我主要就針對輯一的六首作品作一個導讀。

輯一「你坐佇我的心內」內底的詩主要是長青最近這幾冬參加文學獎得獎而且攏是得著首獎的作品，由此可見長青是得獎的常勝軍，伊的詩作有真優越傑出的所在。第一首詩〈批〉是由四首詩組成，也就是四張批構成，前兩首〈一張藏起來的批〉佮〈一張寄袂出去的批〉牽連台灣的歷史處境，後兩首〈一張予囝仔的批〉佮〈一張猶未寫完的批〉，前者書寫對囝兒的愛，後者對時間、未來的感嘆。其實後兩首佮台灣的未來嘛算是有關係的。這四首會使當做是各別「自主自足」的作品來看，當然也會使當作是組詩來看。〈批〉的語言熟練，內部結構的推排高超，關照懸度飽滇，是一首好詩。第二首詩〈物件〉是由五首詩組成的組詩，透過詠物（舊冊、鈕仔、目鏡、筆、夢）來觀照台灣的歷史佮伊對台灣未來的想像，粗看這五項物件互相之間是無關連的，幼看伊將這五項物件做一個有機的牽連：舊冊裡的歷史，向望透過鈕仔的紩補，惟雺霧的目鏡觀看未來，用筆試寫語言無法度完全交代的所有心事，夢想台灣這個國家未來的模樣（粉紅的芳花／青青青的草坪，明朗穩當的／山崙，深藍曠闊的海湧）。由這兩首詩就會當管窺長青慣勢的寫作技巧佮風格：將浪漫主義

看風聲、聽風聲

的強烈情感流露佮現代主義疏離主智的語言技巧精煉做一爐。長青的寫作技巧佮風格已經佮前行代的台語詩人有真大的無全：前行代的台語詩人慣勢純運用寫實主義、抑是純粹運用浪漫主義、抑是韻文式的歌謠體技法佮風格，長青已經擺脫這種一成不變的方式，毋管是寫實主義、抑是浪漫主義、抑是現代主義，單獨運用抑是混合運用攏已經是真純熟，會使講長青已經進一步開拓台語詩書寫的新可能。

　　輯一當中其它的四首詩攏有這種手路的發揮。第三首詩〈別人〉是咧講彼個祕密的別人其實佮咱一直是做伙的，毋管你願意抑是無願意，咱攏無法度擺脫，嘛無必要擺脫，咱只有愛學習佮伊相處鬥陣，嘛同時愛會當看破伊的這個必然性：

> 所以知影心內的涵空（Âm-khang）／佮詩相通，有時坦敧／迷離，有時懸山大海／有時無敨（tháu），有時西北雨／所以知影心內猶原有真濟別人／茫渺的諧音，別人的世情／別人的私奇甚至別人的荒塚（hong thióng）／／
>
> ⋯⋯
>
> 你所講、我所想，應當攏會／佮每一個現此時相樺／單純而且光明，繼續期待／繼續祈禱，繼續看顧這個世界／邊境的海峽、土耳其的中心／雖然生活中的喘喟，每

風聲

一吋／無一定鼻會著其他的祕密的別人／雖然咱定定夆
潑冷水：泡影，夢幻／露水，雷電，無論詩抑是小說／
好運抑是悲傷，一直佮咱攬牢牢／／遮猶原有真濟蟲豸
（thâng-thuā）的別人／自由的別人，深深埋藏／佇咱家
己內心的別人……

第四首詩〈你坐佇我的心內〉是一首透過閱賞謝新添的《玉
山image》有感而寫地誌詩，主題是呵咾、歌頌玉山。語言幼路
抒情，情感的掌控合度：

佇月娘細聲唱歌的暗暝／你倚佇我的床邊／恬靜恬靜／
家己唰巡 Ilha Formosa／美麗的土地／／你坐佇我的心
內／唰看我所看到的世界……

第五首詩〈咖啡〉挖掘無公平咖啡背後的悲慘，批判咖啡四
大公司對咖啡農的剝削。詩敢有需要介入社會？詩敢是詩人的迌
迌物仔？當咱的自由受著侵犯，當咱的家園受著侵占，當咱的生
態環境受著破壞，當不公、不義佇世界各所在持續發生，咱敢通
假做無看著、無聽著、無感覺著？下面這葩就是長青對受剝削的
咖啡農的同情佮自責：

看風聲、聽風聲

伫衣索比亞的斯丹摩（Sidamo）／赫拉（Harar）佮耶加雪夫（Yirgacheffe）／無公平的咖啡愈來愈／歹擘（peh），WTO 的牙槽／愈來愈硬（ngē），命運的價數愈來愈／荏（lám），種作農沐沐泅／伫家己愈來愈皺襞襞（jiâu-phé-phé）的肚臍……

雖然詩人是語言的藝術家，毋過詩人更加是講實話的人。所致，為著達成正義佮自由，自然而然詩歌會介入社會、介入政治。詩歌毋是迌迌物仔佮化妝品，詩人毋是啞口抑是傳聲筒，詩人袂當容允反自由、反民主、反正義、反人權的現象。我深深相信詩歌是對抗暴政佮遺忘上好的武器。我相信長青也會有同感才著。

第六首詩〈旅行〉是一首對一路行來的人生反思，透過「旅行」這個主導意象引導出深沉的人生意味，同時也導引出對台灣歷史的關懷。〈旅行〉是一首組詩，由五首詩所組成，分別是「半暝的旅行」、「生份的旅行」、「詩集」、「動靜」、「記持」。這首詩的語言端的閣有到位，符碼的意義指向控制自如，而且意義深遠，值得呵咾。譬如講：

掀開其中一首，冊名號作／時間的詩集，就會當看到內底／溫馴的天星佮雲尪（hun-ang）／按怎予熱焰天抑是

風聲

落雨暝／收藏，樹葉的氣味／花蕊的翻譯，按怎予頁數
排演／／掀開其中一首，心內有霎霎仔烏陰／讀出來了
後，就變作微微的酸／佮甘甜，掀開其中一首／題目號
作放袂記的小品／就會當慢慢仔想起／少年時陣，罩霧
的街仔路

　　長青將這本詩集號做風聲，這一定有伊的寄意。一般人認
為會曉聽風聲、看形勢是趨吉避凶的做人行事的方法，毋過詩人
聽風聲、看形勢是因為伊有一粒詩心，伊咧體察世間的不平、不
義、苦難。詩人應該有毋甘、不忍心的情懷。做為一個詩人，長
青應該愛超越這點的，我想伊一定也會超越這點的。

—— 2014.05.28 台中教育大學求真樓 914

看風聲、聽風聲

【推薦序二】

觀聞各種風聲
——小序《風聲》

林央敏

　　關於李長青的台語詩，我曾用「藝術詩」的角度談過他的第一本台語詩集《江湖》（詳見拙作〈藝術詩的隱晦及技巧〉[1]），所謂「藝術詩」，是相對於語言比較質樸淺白的「民間詩」的另類詩作。它們的主要差別在於語言風格及組構文字的手法，並非依寫作者的身分之異來分類。但作者的身世經歷往往會影響其詩作風格，李長青是出身學院文學系並且跨足華語、台語兩界寫作的新生代詩人，會將寫作語言做某種程度的運用和處理以增加藝術性，毋寧也是很自然的事。他的台語詩一如他的中文詩，都很有現代主義的技巧和內涵，他擅長塑造意象與情趣的距離，使內容帶有一種隱晦感，朦朧，便是隱晦詩的特質，它是藝術詩的風格之一，也是李長青詩作的一貫風格，或者說主要風格。

　　這本《風聲》是長青的第二本台語詩集，風格上也大致承襲《江湖》的朦朧特質，可謂《風聲》帶有《江湖》「遺風」。內

---

[1]　收入李長青著《江湖》，聯合文學出版社，2008。

容上，《風聲》也可視為《江湖》的延續，台灣有句成語叫「江湖風聲」，「江湖」是世界、是某種空間，「風聲」是傳聞、是某些事物，我不知長青為自己這兩本詩集的命名是否和這句台語有關，觀其內容，詩集《江湖》的多數作品寫他的內心世界，而詩集《風聲》的大部份作品觸及國家、歷史、族群、語言、經濟、地景風光等人事物題材，這些是他的內心投射到外在的內容，即寫他以個人角度所看到的問題。「風聲」既是不確定的傳聞，傳聞又彷彿「風的聲音」，所以《風聲》中的作品，雖較《江湖》更有社會性，但手法仍不是社會寫實的，亦即因題材的關係，他有意撥掉一些雲霧，使作品顯得比較明朗些，但仍不脫「《江湖》性格」。

　　筆者覺得他的這種改變，是大約從 2008 年起，開始將一些現實的、歷史的、地景的題材「捕捉」到他的隱晦風格的詩作中後，這些詩開始比較有確切的內容，不過由於他的句法偏愛使用斷裂意象（fracking imagery），所以還是會某種程度的維持他原有的隱晦風格，就如與詩集同名的那首〈風聲〉小品中的方格子，它們提供讀者自行透過自己的眼光看世界，而使這首詩的內容含有更多歧義。

　　長青的詩藝，筆者已在前述那篇文章中談過和肯定過，為節省篇幅，這裡就不再多說，僅舉《風聲》中的一首來看他在寫作內容主題上一點改變。《風聲》各輯各篇雖仍為小品詩，但顯然

觀聞各種風聲

地已經收錄更多規模較大的詩或組詩，這表示長青寫詩，並非僅只隨興，而是有計劃在寫作，並且創作能力超越以往。這本詩集中，包含多樣意旨的詩〈別人〉以及〈批〉、〈你坐佇我的心內〉等幾首組詩都超過70行，這些是他迄今為止最重要的詩。下引〈別人〉（2013）中的片段：

> 無論古早，抑是以後，應當
> 攏會佮每一個現此時相週（thàng）
> 親像每一工透早，有光線
> 位心內沓沓仔精神，每一幅黃昏
> 有溫馴的金粉，輕聲
> 細說，勻勻仔抹過心內的故事
> …（省略）…
> 我讀你一逝一逝非常外國的虹影
> 佇報紙，憑漢字，以共款
> 是一個寫作者的憂煩，共款是
> 一個誠實存在佇宇宙的心靈
> 我感受著涵空，空空就是飽滇的哀愁
> 佮人生相楣（siāng），有時坦然
> 無需要話語，有時崩山
> 有時海漲，佇任何普通平凡的時刻

風聲

…（省略）…

原來彼的別人不只隱居咱的心

嘛恬恬蹛佇艱苦的土地，成作一沿

一沿彎彎斡斡的皺痕，崁過北韓

神聖的軍事基地，崁過三星

生產線的烏暗壁，崁過香港縛鐵仔工

抗議的喝聲，崁過311了後

日本海的蒼茫，崁過衣索比亞

咖啡農民頭頂的大日，嘛崁過

台灣西部繼續陷落的海岸地層

…（省略）…

　　這首〈別人〉是李長青的台語詩作中最具社會性的作品，他從第一位獲得諾貝爾獎（2006）的土耳其作家奧罕‧帕慕克（F. Orhan Pamuk, 1952～）在瑞典的演講詞「父親的箱子」得到靈感，將部份講詞內容連結到發生於個人、台灣與國際的大、小事，好像在向帕慕克（詩中的「你」）說話，談「我」對這些內、外在事物的感想，這好像「我」在和另一人說話，實為內心獨白，因為「別人」是另一個「我」。這首詩的「動作」其實是在「自省」，但用一種類似分裂人格的表現法，把作者對人類自己造成諸多不幸的批判呈現出來，它是在控訴，但沒有火藥味。

　　　　　　　觀聞各種風聲

詩的情緒被隱藏一如詩的意義被隱藏，都是李長青詩作的特質。

　　《風聲》詩集的全部文字不算多，給愛詩的人細細品味，不必耽心小品詩會催人老。

—— 2014.05.25 寫於中壢

風聲

輯一
你坐佇我的心內

批

1. 一張藏起來的批

你若無意中搜（tshiau）到這張

已經反黃的批，請你替我

斟酌看，看這個破碎

但是猶原充滿希望的世界，現此時

是毋是更加美麗

你若欲拍開這張

比歷史閣較沉重的批，請你

一定要代我祈禱

祈禱我心愛的島嶼，佇海湧

愈來愈無情的時代，會當成做

風聲

愈來愈勇敢的礁石

你若已經讀完

這張1947年悲傷的

批，請你毋通

心肝凝（gîng），請你堅定

意志的頷頸（ām-kún）

這張……字已經淡薄仔

看袂清楚的批，你若已經收好勢

批紙內底白色沉默的筆劃

紅色寂寞的血，就會漸漸清

漸漸明，漸漸匯入

心海，數念的波浪

批

2. 一張寄袂出去的批

夢中的天地線，位台灣

1949年，開始連過去……

夢中的故事

猶原佇遙遠的另外一爿

親像山的雺（bông）霧，沓（tàuh）沓仔

染過青春的目珠，親像河的色水

現此時，已經茫茫濁濁

彼個舊陌的港口

記持的風景來來去去，世事嘛已經

予濤聲，船聲，鳥聲，霎（sap）霎仔的

雨聲，佮彼個懵懂少年的跤步聲

風聲

洗盡

老去的少年

一直坐佇5坪的客廳

用思念咧巡邏19吋的

天涯：彼台是連續劇，轉過有電影

這台報新聞，繼續轉落去

是這個無名的時代……

3. 一張予囡仔的批

你的目睭

就是圓滾滾的

詩，題目是

靈靈靈的眼神

批

咬舌學講話

家己分行，斷句

笑是文法，意象是日常

生活的面容，每一工

攏是新感覺派

閃爍（siám-sih）的標點

你的下頦（ē-hâi）

眯（bî）眯仔睏佇我中年

開始圓起來的肚臍

你的手，共我的手拎（gīm）絚（ân）絚

我的目睭，咧讀你

小小的鼻、目、喙……

風聲

你是一首芳芳甜甜的

囡仔詩

4. 一張抑未寫完的批

日子是紙，恬恬袂曉講話

等待時間的

筆，共生活寫好勢

有時陣，盤撋（puânn-nuá）的話句

嘛會恝叉，親像斷水的心事

有時陣，是深藍神祕的夜幕

有時陣，是空白曠闊的樂譜

日子的紙繼續恬恬仔

掀，生活的題目無底臆

批

有時陣，看起來是長篇

有時陣，讀起來變作短句

有時陣，寫落來了後

才發見原來無幾字

干焦（kan-na）聽到改過來

改過去

思想的聲音

—— 2009 年教育部台灣閩客語文學獎・台語詩・教師組・第一名
—— 《台文戰線》第 18 期（2010 年 4 月），頁 157－160
—— 收入《98 年教育部台灣閩客語文學獎作品集》（台北：教育部，2010 年 6 月），頁 255－257
—— 選入《台文戰線文學選：2005－2010》（高雄：台文戰線雜誌社，2011 年 4 月），頁 107－110
—— 選入《異・平埔・命—— 2010 台語文學選》（台南：開朗雜誌事業有限公司，2011 年 12 月），頁 41－46

風聲

──收入《0596》詩刊 2013 年總第 3 期（中國‧漳州市：漳州市詩歌
協會，2013 年 3 月），頁 44－45
──選入《高雄市台灣閩南語高中教材》（高雄：高雄中學，2014）

批

物件

1. 舊冊

掀，閣再掀

輕輕仔掀過1947年

名佮姓，攏受寒的天

舊冊原底有新媽的

封面，新點點的文字

插圖，新莩芽的口氣佮思想

彼時陣，溫馴的頁數內底

抑讀未出⋯⋯

舊，就是悲情的真義

風聲

落雪佮流血，風颱佮逃亡

時代的大雨淋佇失蹤的甘蔗園

唐山的石頭崩落來

崩落來的彼年二月

春天抑未赴寫入去冊內底

彼時陣，攏講號作是

天氣的問題……

2. 鈕（liú）仔

紩（thīnn），閣再紩

一直欲共1949年破去的

布衫，草鞋，地圖

序大的面龐，時代的青春……

補起來

物件

這是賰（tshun）落來的

最後一粒，用寂寞的針

思念的線

所紩過的鈕仔

紩過大江佮大海，紩過

歷史的黑水溝，紩過長長

嘛短短的

一生

3. 目鏡

已經無法度看清楚

稀微的風，飄浪的雲

沓（tauh）沓仔欲停

無停的雨……

風聲

捌予目屎偷偷仔拭過的

圓玻璃，框的材質

是生活，舊去的

是平靜的時間，所看見

是茫茫渺渺的人生

一寡記持的

取景，猶原映佇心內

上深的所在

4. 筆

伊知影世事

無法度全然訴出

伊知影語言

物件

無法度將心事的行跡

交代完全

伊知影話句

無法度共生活的歡喜佮憂煩

攏總講盡

親像心的田園

苦澀但是多情的鋤頭

寫過長綿綿的批信

了後，才會當寄予天的鬢邊

涯的喙角

風聲

5. 夢

你一定會懷疑

無常來去，遶遶形影的

夢敢是真正的物件

自從阿美，布農，泰雅，噶瑪蘭……

美麗的神話寫佇課本

自從新婦細妹

會當位山東饅頭的店裡

試吃到俗「胖」

新出的口味

自從台灣這兩字

物件

沉重的筆劃，如今自然牽連

已經成作大部分人

所講，所想，所理解的

國家的模樣

自從粉紅的芳花

青青青的草坪，明朗穩當的

山崙，深藍曠闊的海湧

一直出現佇我的夢中……

── 2009 年「阿却賞」台語文學創作獎・現代詩・第一名
── 收入《2009 年阿却賞得獎作品集》（台北：財團法人李江却台語
　　文教基金會，2009 年 12 月），頁 51－54
──《台文戰線》20 期（2010 年 10 月），頁 71－74

風聲

別人

「作一個作家對我來講,就是用幾仔年真耐煩的追求才發現
到『祕密的別人』佇你心內。每一個人攏有一個『祕密的別人』
佇伊內在的世界……」——帕慕克(Orhan Pamuk)2006 年佇
瑞典的演講:「爸爸的箱仔」。(馬悅然、陳文芬翻譯)

無論古早,抑是以後,應當

攏會佮每一個現此時相迵(thàng)

親像每一工透早,有光線

位心內杳杳仔精神,每一幅黃昏

有溫馴的金粉,輕聲

細說,勻勻仔抹過心內的故事

雖然咱不時夆提醒:歹天,出日

雨時,風勢,甚至防曝的指數

別人

膨紗衫的羊毛品種，啥物種牛

較好生食，某一寡國家值得好好仔防備

當然，也有枵腹（包括30）

核災，政變，北極圈的融（iûnn）冰

石油起價以及發生佇動物園

（這個詞，真濟時陣

直接翻作國會）的各項奇觀妙想

一開始你不敢拍開，彼跤滿載

爸爸筆記佮手稿的黑皮箱

驚去搪（tng）著少年神隱的1970

講伊拄過沙特幾落擺

毋是佇沙龍，是已經返袂去的

法蘭西細條巷仔街，講伊彼陣

收藏袂少哲學佮文學冊，平常時

風聲

除了一寡賒本的買賣，嘛捌風雅

綿爛翻譯過梵樂希

所以知影心內的涵空（Âm-khang）

佮詩相通，有時坦敧

迷離，有時懸山大海

有時無敨（tháu），有時西北雨

所以知影心內猶原有真濟別人

茫渺的諧音，別人的世情

別人的私奇甚至別人的荒塚（hong thióng）

後來，你位爸爸的箱仔

漸漸窮出章回的巴黎，雖然躊躇

不時充滿佇青春的字句內底

筆跡煞玲玲瓏瓏，親像有黃鸝

別人

真情意會，伊斯坦堡的雲尪

我讀你一逝一逝非常外國的虹影

佇報紙，憑漢字，以全款

是一個寫作者的憂煩，全款是

一個誠實存在佇宇宙的心靈

我感受著涵空，空空就是飽滇的哀愁

佮人生相㑼（sio-siāng），有時坦然

無需要話語，有時崩山

有時海漲，佇任何普通平凡的時刻

親像佇任何可能的時刻

咱不時拳暗示：天色，人情

雨縫，扮勢，甚至月娘的口味

夢的圓缺，啥物種目珠

風聲

欲（hap）人會得過，某一寡

教義的信徒毋值清氣的目屎

有時黃垂水，有時上青苔（tshiūnn-tshenn-thî）

原來心內猶原有真濟別人

罩濛的噴雨鬚，別人的文公尺

別人的塊埃甚至別人的空喙

原來彼的別人不只隱居咱的心

嘛恬恬躇佇艱苦的土地，成作一沿

一沿彎彎斡斡的皺痕，崁過北韓

神聖的軍事基地，崁過三星

生產線的烏暗壁，崁過香港縛鐵仔工

抗議的喝聲，崁過311了後

日本海的蒼茫，崁過衣索比亞

咖啡農民頭頂的大日，嘛崁過

別人

台灣西部繼續陷落的海岸地層

你所講、我所想，應當攏會

佮每一個現此時相樺

單純而且光明，繼續期待

繼續祈禱，繼續看顧這個世界

邊境的海峽、土耳其的中心

雖然生活中的喘喟，每一吋

無一定鼻會著其他的祕密的別人

雖然咱定定夆潑冷水：泡影，夢幻

露水，雷電，無論詩抑是小說

好運抑是悲傷，一直共咱攬牢牢

遮猶原有真濟蟲豸（thâng-thuā）的別人

自由的別人，深深埋藏

風聲

佇咱家己內心的別人……

——第1屆台文戰線文學獎（2013）台語現代詩首獎
——《台文戰線》第33期（2014年1月）「第1屆台文戰線文學獎專
輯」，頁13－16

別人

你坐佇我的心內

1. 位玉山返來

10月中

北峰自在自在的雲

　（抑是　海？）

猶原無言

無說

映佇天邊的法國

菊……

現此時

猶原開佇我的心內

　　　　　　風聲

猶原是你毋願講的

祕密，有可能關係到

雲的標點

抑是海的情話

（親像你坐佇

　我的心內

　咧看我所看到的世界）

天光的時陣

山已經安好勢

金色的框[1]

---

[1] 《玉山image》攝影作者謝新添：「集天時與地利，玉山每一刻的容顏變化，都足以震撼人心。當曙光乍現，金色的陽光灑佈於群巒之間，盛景令人迷醉；黃昏時刻，斜光透過玉山小檗枝椏所構成的影像，則猶如高山版的『焚而不燬』。」

你坐佇我的心內

石頭嘛已經滾過

金色的邊

你講日頭袂當

寫做赤焰焰

照光線按呢掀（iā）法：

一片，崁過一片

一斤，疊過一斤

這是夢

佮懸山空氣的美學

黃昏的時陣

玉山杜鵑，圓柏，鹿蹄，黃菀……

攏已經咧放天星

風聲

暗場的主題曲

長鬃山羊的跤跡

溫溫仔行踏

佇碎石坡

佇返去䆀岫（bih siū）的小路

2. 色水

銀色的光

赫爾純

赫爾曠闊的風

一直掔過八通關

斟酌的喘氣

你坐佇我的心內

赫爾白鑠鑠的

雪，是你久年收藏的時間

抑是意志的面皮

反射著馬利加南

反射著馬博拉斯

涼冷的空氣

反射著沉默的鐵杉

反射著漂泊

反射著銀色的山[2]

射過玉山石竹

2　郁永河〈番境補遺〉：「玉山在萬山中，其山獨高，無遠不見；巉巖峭削，白色如銀，遠望如太白積雪。四面攢峰環繞，可望不可即，皆言此山渾然美玉。」

射過蒼茫遙遠的

地圖

射過生活的氣味

思念的色水

射過殖民地母親的祈禱

現此時，照佇你佮我

自由安然的心

3. 你坐佇我的心內

你徛佇白雲輕輕仔

撇過的門窗

親像咧聽

天，按怎吟藍色的詩

你坐佇我的心內

你跍（khû）佇我囡仔時

咧寫功課的亭仔跤

看人群

按怎流過閃爍的路口

按怎戴青色

抑是紅色的面容

你睏佇我的眠夢

想起我，日時掀的冊頁

日時仔彼本掀閣再掀的

攝影集，你講

內底的 image

彩色是你的身軀

是自忠山，是新中橫，是同富村

風聲

黑佮白

是天地肅穆的合景

佇月娘細聲唱歌的暗暝

你倚佇我的床邊

恬靜恬靜

家己咧巡 Ilha Formosa

美麗的土地

你坐佇我的心內

咧看我所看到的世界……

——第 2 屆鄭福田生態文學獎（2010 年）台語詩・社會組・第一名
——《首都詩報》（雙月刊）第 7 期（2010.11.15）B4 版
——收錄於 FM98.5「寶島新聲」台語音樂台（2010 年 11 月）

你坐佇我的心內

咖啡

1. 用印刷的山

無論寒天熱天風颱天

佇全世界的咖啡廳，這杯特調

毋是冰冰灌就是燒燒哈

服務生總是輕聲

細說：「請問

　　　想欲飲啥物姿勢的樹欉？」

　　　（藍山現在攏用印刷

　　　一張一張，貼佇連鎖咖啡店

　　　新裝潢的壁面）

　　　　　　　　　　風聲

新裝潢的壁面已經無年久月深的

棧道，嘛無彎曲（uan khiau）的小徑

按呢，芬多精就欵一直散去

山跤的草仔埔就會佇都市內底

愈淡愈超現實，按呢

蝶仔（iȧh-á）就欵一疊一疊

繼續埋佇焦去（ta）的溪邊

按呢，蟲（thâng）唧聲就會

愈哀愈楆（iau），愈聽愈茫茫

渺渺……親像一首一首

失傳的歌謠

咖啡

2. 自然界的標本：拿鐵佮卡布奇諾

服務生猶原禮貌

親切：「請問

　　　想欲點啥物滋味的記持？」

　　　（生活所需要的糖粉，到底

　　　應該园偌厚

　　　到底會當溶（iûnn）入夢偌久

　　　偌深？）

冷氣恬恬吹位大片玻璃

無論好天歹天落雨天，倚窗的位

攏仝款曠闊通明，若欲鼻

果子仔芳就選榛果拿鐵

　　　　　　　　　風聲

若欲啖看覓青葉淡薄淡薄的

甜分，就揀（king）招牌薄荷

假使若是懷念楓樹林

溫柔的跤跡

就要點一杯楓糖卡布奇諾……

3. 無公平咖啡：Black Gold[1]

水洗豆一痕一痕

映出山的腰環

---

[1] 由英國知名獨立製片導演法蘭斯兄弟所執導的紀錄片電影《Black Gold》（譯為「咖啡正義」，或「咖非正義」。原名「不公平咖啡」）。採英語、衣索比亞語發音，真實記錄了關於為使「衣索比亞咖啡農能有基本的生活需求而奔波、努力，直接向咖啡農民合作社購買咖啡，減少60％的消費程序，以利增加咖啡農的收入，協助咖啡農脫貧的故事」。
《Black Gold》控訴了「世界四大咖啡跨國公司控制咖啡市場的窘態，以及西方世界左手剝削咖啡農，讓他們無法維生；右手卻伸出施捨的緊急救援」的醜陋黑暗面。引號內文字，摘自吳東傑撰，〈不公平咖啡〉，《Dogpig Sound 豆皮丸》第38期（高雄：豆皮文藝咖啡館，2008年7月）。

雲的腹帶一波一波

親像烏金的珍珠密密縫

日曝豆一層一層

陪綴銀皮[2]內裡，一截一截微微的

酸剟（ue），一陣一陣沉沉的甘蜜

佇衣索比亞的斯丹摩（Sidamo）

赫拉（Harar）佮耶加雪夫（Yirgacheffe）

無公平的咖啡愈來愈

歹擘（peh），WTO 的牙槽

愈來愈硬（ngē），命運的價數愈來愈

苒（lám），種作農沐沐沤

---

[2]　咖啡的果實由外皮（Outer skin）、果肉（Pulp）、內果皮（Perchment）、銀皮（Silver）與內裡一雙成對的半圓形種子（Green coffee）組成。

風聲

佇家己愈來愈皺襞襞（jiâu-phé-phé）的肚臍……

等待青澀的綠果，熟成的紅桃

外皮挲過時間的滄桑

內肉收藏意志的風雨

等待美夢成作彩虹

向望月娘佮天星，照路湊看顧

等待白色的花[3]堅心的種子

佮美麗的山坡重逢

——2011年教育部台灣本土語言文學獎・台語詩・教師組・第一名
——《首都詩報》（雙月刊）第16期（2012.05.15）第4版

3　咖啡樹為多年生常綠喬木，枝幹對生，向側面長。台灣種植的「阿拉比
　　卡」（Arabica）咖啡品系源自非洲衣索比亞，葉長約15公分，橢圓形，呈
　　波浪狀，花白色，具香味，果深綠，成熟後為深紅色。

咖啡

54

——收入《0596》詩刊2013年總第3期（中國 • 漳州市：漳州市詩歌
協會，2013年3月），頁43－44

風聲

旅行

1. 半暝的旅行

以前，有人雄雄就跋落半暝

一逝（tsuā）白茫茫，心怦

膽嚇（tánn-hiannh），非常遙遠的

旅行，佇紅絳絳的1947年以後……

2. 生份的旅行

以前，有人毋知逐家

欲去佗位，嘛毋知影家己身在

何處，青春牵誓（teh）做一擺長途

生份的旅行，海湧一直吼（háu）

一直淹過海峽的皺痕

伫猶原清醒的1949年以後……

3. 詩集

掀開其中一首，冊名號作

時間的詩集，就會當看到內底

溫馴的天星佮雲炷（hûn-ang）

按怎予熱焰天抑是落雨暝

收藏，樹葉的氣味

花蕊的翻譯，按怎予頁數排演

掀開其中一首，心內有霎霎仔烏陰

讀出來了後，就變作微微的酸

佮甘甜，掀開其中一首

題目號作放袂記的小品

就會當慢慢仔想起

風聲

少年時陣，罩雾的街仔路

4. **動靜**

雙跤平平踏穩

現此時，予馬步盡訴：

規个宇宙的行蹤

雙手自然就會沓沓仔畫出

一輪太極的影跡，予天

佮地，化作互相牽連的掌心

去臆未來勻勻的面龐

分分秒秒原來攏佇心內

蹽過，所以無論昨昏

抑是今仔日，明仔載抑是年久

旅行

月深，攏會留存佇每一擺

一目瞅（nih）仔的跤兜路

中年開始學拳了後

才知影這個世界，就是一逝

動佮靜，相參的旅行

5. 記持

有人講這種物件

無法度號名，有人講

這款的筆劃袂當按算，嘛有人講

每一遍想起彼當時，就是永遠

按呢，永遠就會當繼續

繼續走揣任何可能的

風聲

闐縫（làng-phāng），按呢

記持才會當一直幫贊

幫贊咱對一生的理解

按呢，不斷予咱論說

予咱比例的過去才會當繼續聽

繼續講、繼續想，繼續恬恬

讀佇心內，印作頭殼內底寂寞的

風雨，悲喜流離的油墨

按呢，記持就成做沿路的溼氣

平常時，淺咬佇夢的海岸

一排一排聲勢絚絚（ân）的防風林

等待人生的日頭

曝久了後，思念愈來愈

旅行

烘，心肝頭的稀微

就愈來愈焦（ta）鬆……

——2013 年教育部閩客語文學獎・台語詩・學生組・第一名
——《台文戰線》35 期（2014 年 7 月），頁 58-61

風聲

輯二
風聲

路途

——予宋澤萊老師

雲是時間的

飄浪，泅佇天殼

渺渺茫茫

有時落作雨

盪過昨日已經無影

無跡的眠夢

有時鑲作黃昏的

風聲

金箔，邊邊角角

攏圍佇台南返來鹿港的路途

—— 2013.06.05《聯合報》· 聯合副刊

路途

草地

——予林沈默

你蹛的草地

樓仔厝無真懸

冊房無算大間

泡茶的所在嘛無偌曠闊

你咧講的草地

一向無啥物複雜的

論說，就算講是

文學的筆畫

嘛會當看到一蕊花的扮勢

風聲

你所想的草地

一直比我看到的

更加美麗

雖然大多時間

你所批判的草地

總是予咱的杯仔愈來愈燙

喉，愈來愈沉重

你夢中的草地

其實，我家已嘛有想過

雖然這個世界

仝款赫爾仔

狹（eh），雖然咱的島嶼

雨縫浮沉猶原

草地

你所愛的草地

原來，就是誠實（tsiânn-si̍t）的生活

就算講文言音者：

「草地」

總是也有活跳跳的

風景佮人聲……

—— 「2009 詩行——年度台語詩人大會」朗誦作品
—— 收入《2009 詩行——年度台語詩人大會集》（台北：李江却台語
　　文教基金會，2009 年 9 月），頁 115－116
—— 《台文戰線》19 期（2010 年 7 月），頁 115－116
—— 南投縣「2013 年山城詩歌節」朗誦作品

風聲

中文系

　　——予詹義農

欲行

欲走

抑是欲跳，欲飛

攏袂當來誤會

中文系

彼個月娘替咱照光的

暗暝，一直咧聽

古典的合音

順順仔唸講：

東，都翁切

西，息鷺切

恬恬看彼三本

比五千年閣較五千年的

磚仔角

慢慢仔疊：

古，姑五切

今，基音切

彼個天星光爍爍的

半暝，黃濁的冊頁猶原

一直咧掀

島嶼佮陸地

風聲

斟酌的牽連：

胡蠻，平埔，文言，白話

本土，中原，漳泉，福建⋯⋯

　　　（歷史嘛會溫溫仔讀

　　　咱的身世）

咱的身世是漢字

筆劃是現代詩

嘛是上古的傳說

欲聽

欲講

抑是欲寫，欲文

　　　　　中文系

攏袂當來誤會

中文系……

【後記】

2009 年 7 月 17 日晚間 9 時許，與詹義農在林沈默書房，3 人熱烈討論台語古字詞，並分工翻查《辭海》上、中、下共三巨冊（台北：台灣中華書局印行，1982）至 7 月 18 日凌晨 3 點半才解散。我們 3 人所學背景大不同：林沈默畢業於企管系，我大學念教育，「中文系」指的是畢業於輔大中文系的詹義農。當天晚上，便是由中文系出身的義農教沈默與我，如何讀出古漢字的切音。

──《首都詩報》（雙月刊）第 10 期（2011.05.15）第 5 版

風聲

宴會

光，睏袂去

了後，才照會到詩句

淺微的身軀

猶未行完的路

映佇落漆

舊陋舊陋的窗岸

心內的雨繼續落

繼續咧汰（thuā）彼粒遙遠的

山頭

　　（心內的水波

慢慢仔流……

慢慢仔盪過無聲的

深谷）

咱的相逢

是文字，嘛是文字以外

一場無法度

說明的宴會

──《台江》台語文學季刊創刊號（台南：台南市政府文化局、財團
　　法人台南市文化基金會共同出版，2012 年 3 月），頁 134－135

風聲

監獄詩系列

寄望

現實中

赫爾稀微的烏暗

天

是欲按怎看待

彩色的

眠夢

——《台江》台語文學季刊第2期（台南：台南市政府文化局、財團法人台南市文化基金會共同出版，2012年5月），頁139

寄望

監獄詩系列

號碼

我只是一組記號

佇重重疊疊的世間

將生疏（tshenn-soo）的面龐

藏好勢……

——《台江》台語文學季刊第2期（台南：台南市政府文化局、財團
法人台南市文化基金會共同出版，2012年5月），頁139

風聲

監獄詩系列

治

　　　李耳：「上善若水。」

聽講這字

屬水

因為昨日

親像無形體的液體

流過去

變作後悔

淶過來

成作明白

治

聽講無形體的心情

無形體的人性

屬水

所以明仔載

就成作無形體的

向望

——收入《靈光湧現 舊監啟示——建國百年‧法務新象 獄政攝影圖文集》（台北：文水出版社，2011年9月），頁48—49
——《台文戰線》26期（2012年4月），頁87
——「2012詩行——年度台語詩人大會」朗誦作品
——收入《2012詩行——台灣母語詩人大會集》（台南：台灣海翁台語文教育協會、台北：李江却台語文教基金會、台南：首都詩報社，共同出版，2012年6月），頁92－93

風聲

讀詩

少年讀詩

出日頭抑是駛暝車

無暝，無日

青春無了時

中年讀詩

時間是一尾

魚，不時泅過滿出來的

記持

老來讀詩

一片瓜子殼，一粒石頭

一蕊花……

攏唊會著

曠闊的滋味

——《台江》台語文學季刊第4期（台南：台南市政府文化局、財團法人台南市文化基金會共同出版，2012年11月），頁169

風聲

朋友999個

算起來

雖然抑無夠1000

伊嘛已經浸佇

真無閒的日子內底

雖然朋友999個

伊煞佇一個雄雄感受到

深深寂寞的

暗暝，毋知

會當敲（khà）予啥人

講幾句仔

真正燒烙（sio-lō）的話

伊有999個朋友

攏蹛佇一個

遙遠

神祕

號作 Facebook 的所在……

——《台江》台語文學季刊第 5 期（台南：台南市政府文化局、財團
法人台南市文化基金會共同出版，2013 年 3 月），頁 153

風聲

招牌丸子麵

這位面容親切的

喔哩尚，請你免懷疑

我當然是

會曉講台語的

台灣囡仔

瓜仔雞麵，鹹菜鴨肉麵

豆乳排骨麵，瓜仔肉丸麵

麻油雞麵線……我當然

是攏無問題，這位

真台灣氣口的喔哩尚

請你相信我

招牌丸子麵

只不過，我時常

袂記之阮餐廳的名

號作台灣味……

——《台江》台語文學季刊第6期（台南：台南市政府文化局、財團
法人台南市文化基金會共同出版，2013年5月），頁178－179

註　2013年1月20日，台文戰線於台中召開年會，會後與林央敏、方耀乾、
林沈默、詹義農、慧子等人，於85℃喝咖啡，後續攤公益路「台one味」
餐廳。林央敏老師聽到服務人員為大家確認餐點時以華語說「丸子麵」
（音：丸紫麵），因而好奇詢問是否知道台語「丸仔麵」？服務人員答曰
「知道啊」（一副理所當然貌），眾人因而覺得有趣。
不料，林央敏老師的餐點遲遲未上，幾經催促，才在大家都快吃飽時送
來；此應非餐廳故意，但林央敏老師隨即以「這很像以前講台語被打壓」
自嘲，再次引起笑果。特以詩誌之。

風聲

高鐵

喘氣猶未

坐定：

窗外的……

田岸草叢樹林路燈市街山風海雨……

茫茫渺渺渺渺茫茫的……

雨云……色……

抑閣……愛人……

猶未講完的……話……

84

——《台江》台語文學季刊第 7 期（台南：台南市政府文化局、財團法人台南市文化基金會共同出版，2013 年 8 月），頁 155

風聲

心悶

因為懸山頂

嘛看袂到你佇紅塵

海風直直搧

嘛無法度將你的形影

拆吃落腹

我心悶你

特別佇孤單一個人的時

佇山路蜿蜒當中

佇海岸無聲了後

——《台江》台語文學季刊第 8 期（台南：台南市政府文化局、財團法人台南市文化基金會共同出版，2013 年 11 月），頁 144

風聲

風聲

1.

我聽到風的聲

佇 12 月天蕭穆的冊房

伊咧講

啥物所在

是按怎□□的世界

按怎□□的世界

按怎□□世界

風聲

2.

我聽到風的聲

才開始了解

無全方向

就有無全的

疼痛（thiànn-thàng）

3.

我聽到風的聲……

聽到微微曠闊的

時間

風聲

4.

我已經聽到風聲

佇一個人的暗暝

咧講

愈來愈寂寞的

詩

——《首都詩報》（雙月刊）第 2 期（2010.1.15）第 6 版
——「2012 台灣詩路詩歌音樂會」朗誦作品（2012.03.18，台南‧鹽水）

風聲

教室

教室內底的人

攏認為，知識是家己

現此時聽到的

看到的，想到的

寫落來的……

教室內底的燈

光的時陣

毋知影家己是咧照啥物

暗落來了後

嘛毋知影

有啥物拍毋見（phàng-kiàn）

風聲

教室內底的窗

關佮開，日抑暝

攏咧看天頂的

雲

按怎離開

家己來的所在

——《首都詩報》（雙月刊）創刊號（2009.11.15）第4版
——「2012台灣詩路詩歌音樂會」朗誦作品（2012.03.18，台南‧鹽水）

教室

輯三
我的憂煩失栽培

家己

你講你雄雄無法度認出

我是啥人，親像海底的波浪

映佇深深藍的天

一時，袂當互相瞭解

鼻仔猶原鼻會出

啥物是春天的花蕊

啥物是思想的煎匙

目睭會講話但是聽起來

攏是超現實的長句，鹹澀的頭

連過甜的尾

風聲

這種滋味，一時

煞予長寥寥的記持剪袂斷

喙會當解說

啥物是芒種（bông-tsíng）雨

為何無焦土

你講你實在無法度認出

我是啥人，親像烏暗暗的天

崁佇深深眠的床

一時，袂當互相倚（uá）意

你講你不管按怎想

頭殼內底已經拈（ni）袂出

任何可能的畫面

家己

毋是因為天色較暗淡

嘛毋是因為時間已經過了

傷濟年，我想

是因為你已經放袂記之

家己這兩字

——第1屆台南文學獎（2011）台語詩得獎作品
——收入《首屆台南文學獎得獎作品集》（台南：台南市政府文化局，
　2011年12月），頁42－43
——《台文戰線》28期（2012年10月），頁110－111

風聲

無底深坑

1.

懸山，燈塔，椰子樹

戲棚，樓仔厝，百貨公司

砲台，戰車，政權……

偃（ián）倒了後

這個世界

猶原無法度

平（pênn）

2.

無平（pênn）的世界

才有風景

重重疊疊

才有色水東西南北

才有飄飄然

亦宛然，才有

流浪，無仝意向

3.

不平（pîng）的世界

才有因緣

恩恩怨怨

才有三角六蹺

有烏，有白

風聲

憂煩擾心蕭散簡遠

4.

這個世界是無底的

深坑，有幼路

嘛有粗坯

無底深坑的世界

內底是

沐沐泅的人生

——第1屆台南文學獎（2011）台語詩得獎作品
——收入《首屆台南文學獎得獎作品集》（台南：台南市政府文化局，
　2011年12月），頁46－47
——《台文戰線》30期（2013年4月），頁99－100

無底深坑

過程

眠夢的

鏡頭

有霎霎仔雨咧飛

咧哮的暗暝

床頂攏是沙微沙微的

月光

高速公路透中晝

山山

水水

一直袂赴

風聲

框起來

寫詩的窗仔邊

下晡時

有風微微

散步的黃昏

有紅濁紅濁的芳味

恬恬

沃過來……

——第1屆台南文學獎（2011）台語詩得獎作品

——收入《首屆台南文學獎得獎作品集》（台南：台南市政府文化局，
　　2011年12月），頁44－45

——《台文戰線》29期（2013年1月），頁72

過程

佇南庄，佮民宿頭家食暗頓

1. 小菜

南庄親像一張

細細幅的郵票

山水若是溫柔的印泥

咱的目睭

就是彩色的印仔

2. 紅燒獅仔頭

獅頭山在茫霧中，偷偷仔

咧鼻咱桌頂豐沛（phong-phài）的滋味

風聲

頭家講的故事

一直予朗朗的笑聲崁過

無論河洛話抑是客語

攏是上自然的好味

3. 中港溪

民宿頭家咧哼（hainn）伊細漢時陣

聽過的歌，親像中港溪

涼涼清清的水流

細細聲的調

挲過神仙谷的大粒石頭

挲過望月亭的椅條

嘛挲過藍山的芬多精

　　　　　行南庄，佮民宿頭家食暗頓

4. 窗景

佇南庄，光

佮影

靜靜剾翕時間

的窗景

5. 奧茲波彭[1]

傳說內底，攏是活跳跳的

性命：勇健的跤，活靈靈的手

圓滾滾的烏仁目睭

攏是位天頂

---

[1] 　賽夏族有傳說講太古時代有一個號作「奧茲波彭」的神，有一工掠到一個
　　查埔，甲他劏破了後吞落腹，喉唅咒語，閣再吐入海中。奧茲波彭吐出來
　　的物件攏總變作人，聽講這就是賽夏族的祖先。

位曠闊的海域才開始有

現此時，有祖靈咧保庇

賽夏的祭典，大家跳舞

手牽手，共外地的族人

思鄉的夢境

挽牢牢（tiâu-tiâu）

6. 桂竹筍

加一罐閣較加的東河溪

比林溪，風美溪……

煮作清甜的湯頭

鼎下跤是勻勻的文火

鼎內底當咧滾絞的

佇南庄，佮民宿頭家食暗頓

是純純純的筍仔味

有時用箸，有時湯匙

入喙的

是規碗滇滇滇的人情味

7. 日阿拐（Akuwai）[2]

1902年，支廳共貓裡的黃昏

染（ní）作黑濁佮深褐

南庄美麗的田園

雄雄（hiông-hiông）有火紅的哀雨

曾經飄飄然，七彩的暮色

---

[2]　日阿拐是1902年「南庄事件」重要的領導人，賽夏名是basi-Banual。
　　「akuwai」是伊的偏名。

風聲

佇燒燙的漢字

佮行省軍功的檔案夾仔

內底，所有樟腦

無名的禁忌，已經予總督府

重新號名

星辰日月，征戰流亡

佇時間的地圖

日阿拐毋是平假名

毋是片假名，嘛毋是已經

消失去的赤焰佮煙硝

血佮目屎，繼續看顧

赤紅的明治37年，烏暗的

大南，遍野哀鴻的風尾……

佇南庄，佮民宿頭家食暗頓

到今（kàu-tann），恁先祖聖靈的

山林佮台地，繼續栽種

民族的尊嚴

8. 桂花冰鎮湯圓

這款甜，上適合

配星光滿盈橫屏背山的

熱天暗暝

9. 擂茶（擂缽luî-puah 茶）

天地作缽，相逢的緣分

是擂槌（luî-thuî），咱同齊

全心，輪流舂（tsing）出

向天湖的古早味

風聲

你有鼻到無？田美是茶葉

南庄蓬萊有白麻的原味

小湖頂是塗豆，矮靈是金瓜子

咱的情誼佮養生粉

攏總磨磨做伙

就是有五葉松佮油桐花

配色的今暗

10. 飯後點心

愈食愈黏的

客家麻糬，就親像南庄

予人毋甘離開……

——第 16 屆（2013）夢花文學獎母語文學組得獎作品

——收入《2013 年苗栗縣第 16 屆夢花文學獎得獎作品專輯（一）》（苗栗市：苗栗縣政府，2013 年 10 月），頁 371—377

佇南庄，佮民宿頭家食暗頓

大貝湖捌共我講

大貝湖捌共我講

講遐是一個無啥物暗暝的

所在：

月娘毋免出來

天星毋免當值

湖山佮柳岸

嘛無需要睏眠

大貝湖捌共我講

講遐是一個充滿祕密的

註 大貝湖（亦稱大埤湖）即高雄澄清湖。湖山是「湖山佳氣」，柳岸是「柳岸觀蓮」，皆為大貝湖八景之一。

風聲

所在：

九曲橋有十八彎

千樹林有思念咧返斡

大貝湖捌共我講

講遐是一個

上甜

嘛上深的所在：

因為幼稚的笑容

青春的目屎，這濟年來

一直收佇你的心內……

——收入《咱的土地，咱的詩——台語地誌詩集》（台北：財團法人新
　　台灣人文教基金會，2011年6月），頁114－115

大貝湖捌共我講

台中公園

樹仔懸懸低低

親像咧參囡仔時陣的

願望

覕相揣

花蕊青春美麗

猶原咧思念

舊年的彼隻風吹

草仔地家己坐好勢

看天頂的雲

溫溫仔幌（hàinn）過

風聲

日月亭佇水面

恬恬聽船頭白喙鬚的少年

按怎佮船尾

30年的牽手

輕聲

細說……

——收入《咱的土地，咱的詩——台語地誌詩集》（台北：財團法人新
　　台灣人文教基金會，2011年6月），頁46

註　日月亭是現在湖心亭的舊名。

台中公園

草湖芋仔冰

囡仔時陣的

日頭，現此時

想起來

嘛已經無赫爾赤焰

因為熱天

佇芋仔冰內底

漸漸化

漸漸輕

因為桌仔頂的笑聲

佇記持內底

風聲

漸漸綿

漸漸甜……

──收入《咱的土地，咱的詩──台語地誌詩集》（台北：財團法人新
　台灣人文教基金會，2011年6月），頁45
──《台文戰線》25期（2012年1月），頁72

草湖芋仔冰

名詞解釋

1. 往事

佇現實生活中

直欲袂喘氣的時陣

會當共咱

挽牢牢的

一種無形體的

物件

2. 失覺察

雄雄發現著

風聲

一位

有金鑠鑠

黃錦錦（n̂g-gìm-gìm）

美麗的黃昏

的時陣……

3. 煞猛

確實泅過這個世界

長年抑是短幹

粗坯抑是幼路

屜貼（siap-thiap）抑是

焦鬆的椎角了後

註　煞猛，客家話「努力」的意思。
　　猛醒（mé-tshénn）在台語中有警醒、提高警覺之意；亦有形容手腳敏捷、
　　工作勤奮的意思。

名詞解釋

煞毋知影應當放袂記抑是繼續

猛醒（mé-tshénn）

上（tsiūnn）岸⋯⋯

風聲

我的憂煩失栽培

（無定著

你本來會當舞作

一團五彩的雲尪）

（無的確

你本來會當泅作

一尾扭掠的海蛇）

（凡勢

你本來會當飛作

一隻多情的麒麟……）

你真正失栽培

我迭迭對我心內的憂煩

按呢講

信徒

——教派：㊣本土

1.

別間宮廟

攢（tshuân）出來的三層仔

總是傷過油

2.

外縣市咧擺的

滷肉飯擔

氣味真礙虐

3.

自助餐店的

肉燥飯

白汫無味

4.

豬跤箍者

離經兼叛道

閣較鑿目（tshak-bak）

風聲

5.

阮廟裡

咧拜的

才是正宗的炕肉飯

信徒

索仔

迷迷佇現實生活中

跋倒

夢中嘛時常

吭跤翹（khōng-kha-khiàu）

會當閣再徛予在

原來攏是因為

手頭閣有一條

號作往事的索仔

風聲

共阮

挽牢牢（tiâu-tiâu）……

離開

過去已經是無聲的

海湧，偃我泅過長長的駁岸

越頭，看天頂一痕一痕

熨金（ut-kim）的雲

親像一逝一逝安靜的條碼

一條　　　──

一條　　　──

一條　──

一條──

　　──

風聲

深塌（lap）抑是淺眠

直透抑是坦橫

攏映佇無聲的海面

過去是已經白殕（phú）的波浪

一層一層洗汰

盪過一沿一沿平靜的心窗

有時陣，離開敢若幌韆鞦

一去榫一來，所看所聽

所感所想，就是全然無全的演義

有時陣，離開是為著會當

繼續佇路裡，有時陣

離開是單純向望

世間抑閣有一位毋知影名的

離開

所在

親像徛佇無風的邊岸

眼前，一團一團

豐沛的雲峰佮濤聲，色水清朗

明瞭，就是一蕊一蕊

應答的新花

——《台文通訊BONG報》244期（台北：李江却台語文教基金會，
　2014年7月），頁5

註　此詩靈感，來自江蕙〈遠走高飛〉（作詞：陳子鴻，作曲：陳子鴻，主
唱：江蕙）。

風聲

身騎白馬

有你的所在

就是我的方向

身騎白馬，跤踏青雲

芳草緒（hâ）婿色

流水釧清新

你佇啥物方向

就是我欲到的所在

身騎白馬

喙哼小調

身騎白馬

布身第一音就藍過天

日頭紅絳絳

愛情好揣路

手腕（ńg）擗（pih）起來

就是出發的好時

身騎白馬

心若咧飛

有你咧等的所在

就是我欲去的方向

此詩靈感，來自徐佳瑩〈身騎白馬〉（作詞：徐佳瑩，作曲：徐佳瑩／蘇通達，主唱：徐佳瑩）。

風聲

輯四
戰爭不管時

這隻幻象

—— 咱的日常：參觀「返常：2013亞洲藝術雙年展」

生活充滿氣味

佇咱注意無注意的時陣

佇夢中軟觳觳（nńg-sìm-sìm）的鼻管

生活充滿姿勢

佇咱精神無精神的時陣

佇清醒

佮毋願清醒的跤兜

生活充滿現實

現實充滿

風聲

超現實

現實講

我毋是現實

超現實講

我一直是現實

生活敢有影

有影就有跡

生活是幻象

這個品種無俉高貴

會噴烏濁濁的水，有皺皺的

厚皮，彎彎牙若捲心白

也有斷去的一日

這隻幻象

生活這隻幻象

有時恬恬頭犁犁，有時唱歌

專扮勢，有時佇咱心內

的動物園，家己滾絞

四界走傱（tsáu-tsông）……

註 「返常：2013亞洲藝術雙年展」（EVERYDAY LIFE：2013 ASIAN ART BIENNIAL），2013.10.05─2014.01.05，國立台灣美術館。
該展覽以「返常」為策展主題，「旨在回歸日常生活，探討亞洲藝術關注生活議題的創作趨勢。在過去十年間，亞洲和全球之間的互動劇烈，全球效應造成了亞洲境內的各種轉變，而亞洲快速變化的模式也深刻影響著全球的經濟體系、生活型態和文化趨勢，這意味著隨著這個動態的交互影響下，種種的文化根源和主體性已透過流動中的每日生活發生轉變，並逐漸產生新的脈絡和發展。動態的生活成為當代文化生產和創造的現場，『日復一日的常性』開始受到全面重新檢視。」
「藝術家將『每日生活』作為一座自我建造的實驗場，從歷史的大結構回歸生活基本元素，重新檢視感性的能力，回歸核心本質的思考。『返常』亦希望從另一條檢視日常的平行路徑，考察那些隱藏在我們生活常規倫理中可議的文化結構及行為慣習，進而探討所謂『日常性』在亞洲當代社會的文化本質和美學意義。」
展覽內容則「包含行為表演、裝置、塗鴉、繪畫、雕塑、影像、聲音及跨領域戲劇演出等豐富創作類型，希望能夠以不同的觀點角度深入發掘日常之中的非常景象，重新思考我們所經歷的生活現實」。
（上引內容摘自「返常：2013亞洲藝術雙年展」展覽摺卡，國立台灣美術館）

風聲

故事

——參觀納堤・尤塔瑞,〈鞋底的灰塵〉

「*毋知影你*

位佗位來」

「*毋知影你*

因何佇遮」

「*毋知影你*

當時欲行」

「抑是欲走

欲飛？毋知影你⋯⋯」

有一寡块埃

真當作一回事

咧問鞋底

───────────────

註　納堤・尤塔瑞，〈鞋底的灰塵〉，2010，油彩、亞麻布，170x190公分，為
　　「返常：2013亞洲藝術雙年展」（2013.10.05 — 2014.01.05，國立台灣美術
　　館）參展作品。
　　關於納堤・尤塔瑞（Natee UTARIT）：出生於1970年，曼谷，泰國。現居
　　並工作於曼谷，泰國。

風聲

風景流過來我身軀邊

——參觀黃華真，〈恩典之流—2〉

親像行佇生份的

小路，天色新媽新媽

空氣涼涼袂冷

風景流過來我身軀邊

我才知影

放心仔溶（iûnn）去的感覺

註　黃華真，〈恩典之流—2〉，2013，油畫，230x150公分，為「返常：2013亞洲藝術雙年展」（2013.10.05—2014.01.05，國立台灣美術館）參展作品。關於黃華真（HUANG Hua-Chen）：出生於1986年，高雄，台灣。現居並工作於，台北，台灣。

細項物

——參觀黃華真，〈安靜〉

1. 安

山、

水、

天、

地、

掠。長。補。短——

2. 青

空缺

隱（ún）飽圓

風聲

3. 爭

日日夜夜

剾（khau）生活的歡喜佮哀悲

——《台江》台語文學季刊第 11 期（台南：台南市政府文化局、財團
　法人台南市文化基金會共同出版，2014 年 8 月，頁 138）

註　黃華真，〈安靜〉，2013，油畫，162×112 公分，為「返常：2013 亞洲藝術
　雙年展」（2013.10.05 ─ 2014.01.05，國立台灣美術館）參展作品。
　教育部台灣閩南語常用詞辭典（twblg.dict.edu.tw/holodict_new/default.jsp）
　有關「隱」的解釋：本義為藏匿，引申為將青澀瓜果密封於容器或米缸
　中，使其成熟。例如：隱木瓜（ún bo̍k-kue），使青木瓜成熟。
　教育部台灣閩南語常用詞辭典有關「剾皮」（khau phuê）的解釋：用鉋刀
　剾去表皮。

湊陣

——參觀黃華真，〈天天〉

一人點一支

小小

番仔火

就會當

照出

世間的藍圖

註　黃華真，〈天天〉，2013，油畫，162×112公分，為「返常：2013亞洲藝術
雙年展」（2013.10.05─2014.01.05，國立台灣美術館）參展作品。

風聲

廣告：愛台灣

——參觀豪華朗機工，〈我愛台灣〉

有一碗燒仙草

一直滾，一直滾，一直

滾到火大

聲喝（huah）

第一，無燒

就毋是燒仙草

第二，仙毋是聊齋

嘛無動物、百姓、人掌

佮蝦味

第三，草毋是花

毋是蕊

無虹無蜜

干焦（kan-na）青

而已

有一碗燒仙草

繼續滾，繼續滾，繼續

滾到燙喙，滾到佇空中熗煙

煙內底的世面走若飛

飽閣醉，雖然無翼股（sit-kóo）

煞有幻影茫茫撇撇：

溫的⋯　冰的⋯　　攏莫喝燒⋯⋯

　　冷去的⋯　無滾的⋯

風聲

五角莫講⋯　仙⋯⋯

　　　　　　是⋯

韓國含羞馬鞭⋯⋯

咸豐豬籠台北⋯⋯

　　——《台江》台語文學季刊第10期（台南：台南政府文化局、財團

　　法人台南市文化基金會共同出版，2014年5月），頁112-113

註　豪華朗機工，〈我愛台灣〉，2013，燈箱裝置，尺寸依展出場地而異，為「返常：2013亞洲藝術雙年展」（2013.10.05—2014.01.05，國立台灣美術館）參展作品。
關於豪華朗機工（Luxury Logico）：2010年成立於台北，台灣。

廣告：愛台灣

戰爭不管時

——參觀果哈‧達胥堤，〈現今的生活與戰爭〉

戰爭落雨暝

戰爭豔陽天

戰爭恬唧唧

戰爭耳空輕

戰爭鹹篤篤

戰爭爛糊糊

戰爭涵涵滴

戰爭不管時

風聲

不管時的戰爭磅炮彈

內底有包餡（ānn）：

勞基法，璇石，國會，胭脂

芭比，電影，語言，文化，咖啡

歷史課本，觀光，性別，政治，選舉

西裝，建築，學術，水庫，火箭

博物館，食穿，學校，婚姻

註　果哈・達胥堤，〈現今的生活與戰爭〉，2008，攝影，131×96公分，為
　　「返常：2013亞洲藝術雙年展」（2013.10.05─2014.01.05，國立台灣美術
　　館）參展作品。
　　關於果哈・達胥堤（Gohar DASHTI）：出生於1980年，阿瓦士，伊朗。
　　現居並工作於德黑蘭，伊朗。

戰爭不管時

【跋一】

本真的追尋
——讀長青《風聲》

申惠豐

我不是一個懂得讀詩的人，我常在詩人的詩句中迷路。

對我而言詩是一種細膩的事物，那些由詩人精心設計的字詞，都發散著一環光暈，意義獨特，且無法複製，常常一個錯身，那偶然乍現的領悟，卻又成為困惑的惘然，我常覺得，詩人是「造夢者」，也是「盜夢者」，他們揮舞著手上的筆，用精巧的文字，築一座意識的城，讓我們漫遊其中。

讀長青的詩，就讓我們從「讀詩」這件事談起。

長青在〈讀詩〉一詩中說到：

中年讀詩

時間是一尾

魚，不時洄過滿出來的

記持

　　詩者如巫，讀長青詩句，映照了我漸將步入中年的鏡像，
隨著時間的水位不斷上升，淤積的記憶，也越來越厚，讀詩，
是對自我生命的整理，確認自我存在的方式，對長青而言，記
憶就是生命的內容，可以「幫贊咱對一生的理解」，記憶是詩，
「讀佇心內／印作頭殼內底寂寞的／風雨，悲喜流離的油墨」。
時間與記憶的書寫，我在籟籟的風聲中，聽到了長青漸老的靈
魂。

　　我聽到風的聲……

　　聽到微微曠闊的
　　時間

　　風的聲音，是時間的聲音，是詩的聲音，迴盪在歷史中、
在物件中、在生活中、在日子中、在記憶中、在地方中、在
自我的追尋中、在友朋的交往中、在藝術的感受中。時間是酵
母，可以轉化我們日常生活中的各種積累，製成各種不同的滋
味，像一杯咖啡、像一頓晚餐，像一碗碗粿，或者像一本讀起
來有酸有甜「冊名號作／時間的詩集」。

　　　　風聲

長青在新作《風聲》中，說著一則關於時間的故事。

我無意間在他經營的新聞台中，讀到了一篇名為〈我忽然覺得，如此遙遠〉的文章，是《文訊》請他以「我們這一代的文藝青年」為題的稿約，字裡行間，長青不無「怎麼就要開始回憶」的感慨，往前一望，發覺這一切竟然「如此遙遠」，青春已逝，驚呼著「這麼多彼時，怎麼忽然就成為彼時了」，長青從迷離的青春步入了微衰（他說還不到衰微）的生命邊界，長青詩的美學，一如他所自言，也從過去的沉浸轉化為領會。

海德格（Martin Heidegger）說，存在是有時間性的，要理解存在，時間是關鍵的元素，因為時間的循環，讓我們得以追尋所謂「本真的存在」，我說長青的詩，說著一則時間的故事，意義也在於此，我總覺得，收錄在《風聲》的詩作，儘管看似沒有明確的共同主題，但或隱或顯的充斥著一種時間的意象與流動感，而這樣的詩句，就是長青自我生命一種「本真存在」的追尋。

海德格說，語言是存在的寓所，長青用母語創作，也是追尋自我本真的一種途徑。眾所皆知，語言不僅只是一種表意的「工具」，更是思想、文化以及各種意義生成的土壤，母語對自我而言，就是一種「真正存在的聲音」，我們透過這樣的聲音，去理解這個世界，母語之於自我，是一種無縫的密合，不存在

本真的追尋

任何詞語的破碎，因此在詩學的表現上，沒有任何虛無。

　　不虛無，同是文學的本真價值，這一點，我在長青的詩句中，同有著深刻的體悟，他的詩誠實的面對自己、面對生活、面對現實，儘管有著年近微衰的前中年焦慮，但他的詩句，不見色衰，更顯深意。最後，請容我引用長青自己的文字作結，他說：「儘管，關於逝去的青春這一切，讓我忽然覺得，如此遙遠，卻也將繼續前進，忘了一切危險而前進。」

　　的確，這就是我認識的李長青，他的詩，也的確如此實踐著。

風聲

【跋二】
天色雖暗，不要忘記自己

吳易澄

　　從台北318學運現場回新竹路上，接到長青來電，希望我能再為他的新詩集寫篇文章。距離上一本《陪你回高雄》也有六年多了。再次展讀詩集，可以感受長青在詩句中一貫沉穩與溫柔的風格。你大概很難想像，身材挺拔的長青，筆調卻是如此溫柔細膩；年輕猶未沾惹歲月痕跡的長青，文字裡卻充滿歲月的皺摺，而貫穿其中的，竟是對我們這一代尚未經歷過的政治苦難的不斷回眸。

　　詩集從〈一張藏起來的批〉起頭，講起1947的歷史事件，講1949台灣的國族定位，可是這批信不只寄給了過去，也寄給了將來。沒有經歷過殖民苦難的一代，為什麼會心心懸念那段過去呢？這是我想問長青，也想問自己的問題。詩人渴望以他的生活態度，乃至於生命哲學、以及熟悉的語言來陪伴孩子，卻發現這是困難的。長青的這本詩冊，流露出某種存在的焦慮。

　　詩人不斷地回望過去，又不斷地假設自己老去，似乎是想要弄清楚我們的人生究竟發生了什麼事。詩人不但將自己放在

歷史的軸線中，前後挪移，來回觀看自己，同時又將視角拉到更遠之處，從世界來理解台灣；那首詩寫土耳其作家帕慕克的〈別人〉，講的是一種後殖民的共感經驗，「原來彼的別人不只隱居咱的心……」。

「我當然是／會曉講台語的／台灣囡仔」（〈招牌丸子麵〉），詩人的告白，流露被歷史拋棄的恐慌。然而詩人恐懼失去的當然不是自己個人或是母語，甚且，是一種詩人所渴望的存在方式。所謂的存在，是關乎集體的生命經驗與倫理，詩人在某種不得不選擇的生活方式中掙扎，例如〈無公平咖啡〉所帶來的道德困境，又例如在〈朋友999個〉裡仍令人感到「深深寂寞」的facebook，抑或疾駛中話都「猶未講完」的〈高鐵〉，或是「山山／水水／一直袂赴／框起來」（〈過程〉）的高速公路。這種高速的當代生活所對照的往往是人們的疏離與冷漠，甚且來不及定義、詮釋人的「此在」經驗。詩人字裡行間吐露了對現代生活的矛盾情感，既是存乎其中，又是抵抗。

我們渴望用自己的方式活著，卻又踩不出從容自信的腳步。追根究柢，依然驚覺跟島國經歷的政治苦難息息相關。我們得以用母語說話，用自己的方式生活的能力與權利，至今仍受到或多或少的剝奪。或許，這也是長青的詩句裡，在自我身世的編年史中，何以會往前挪移至其實他從未活過的1947。前

風聲

人的苦難，成為後人的集體創傷，在潛意識中發酵，在意識中覺醒。

　　這個詩集名為《風聲》，取自輯二的一首同名之詩，在詩人的母語中，「風聲」一語雙關，既是風的聲音，也同時是耳語之義；所謂的耳語，或許又可解為一種隱約明白，卻又晦澀的焦慮狀態。「無全方向／就有無全的／疼痛（thiànn-thàng）」（〈風聲〉），好比一個人經歷了某個事件，如果那帶來了創傷，我們每個不同的人，會投射不同的生命經驗於其中，而產生不同軸線的創傷意義。那些軸線，有可能是族群的、階級的、世代的，乃至於性別的。而我們又如何治療這個創傷呢？

　　沒有記錯的話，長青在三月二十三那晚來電邀稿。那晚至隔天清晨，國家暴力鎮壓學運，血染街頭。而那之後，台灣的民主憲政疾速倒退，如果仿作長青的詩，便是個「民主／自由／一直袂赴／框起來」的困境。我也因為忙碌，竟將詩稿壓箱了一個多月。直到稍有閒暇，展讀詩作，才發現「島嶼天光」已亮在其中。當我們凝視暴力、經歷災難，除了追究真相以外，另一個重要的工程，便是積極的敘事。所謂敘事，如大腸花論壇般的聲嘶力竭，如島嶼天光的歌聲是一種，回到自己的生命經驗，用顫抖的聲音娓娓道來，也是一種。

　　長青在〈家己〉裡頭寫著「毋是因為天色較暗淡／嘛毋是

天色雖暗，不要忘記自己

因為時間已經過了／傷濟年，我想／／是因為你已經放袂記之／家己這兩字」。詩人清楚地宣告了他寫詩的目的，即不要忘記自己，而所謂的自己，那不但是自我的，同時也是歷史的，以及集體的身世。而這樣坦誠的自剖，正是我們的島國風雨飄搖之時所需要的療癒吧。

風聲

【跋三】

曠闊的滋味

——我讀李長青詩集《風聲》

吳東晟

　　記得少年讀文學作品，對那些充滿顛覆、衝擊、逆反氣質者，特別感興趣。即使讀《四書》，愛的都是「三軍可奪帥也，匹夫不可奪志也」、「當仁，不讓於師」這種有氣魄的佳句。那時對於溫柔敦厚、慈悲智慧較不敏感，甚至還忍不住哂笑。而現在讀詩，卻偏偏對此特別有感。特別喜歡身上有著父愛、母愛，對幼小呵護、對長者恭敬、對異己包容、對權力者冷靜那樣的人格特質。

　　隨著身體與心智的變化，一個創作者、乃至一個讀者，都有可能有不一樣的時期特徵。長青兄〈讀詩〉一詩，也提到一種讀詩的心路歷程：

少年讀詩
出日頭抑是駛暝車
無暝，無日
青春無了時

中年讀詩
時間是一尾
魚，不時泅過滿出來的
記持

老來讀詩
一片瓜子殼，一粒石頭
一蕊花……
攏啖會著
曠闊的滋味

有了少年時期的熱情，才有中年時期的積極入世。而晚年

風聲

的包容與欣賞，想來也該是水到渠成。

一

　　我自己是現代詩人。但這些年來，因為古典詩寫得更上手，在許多詩友心目中，已從現代詩人變身成古典詩人；長青兄跟我一樣跨文類，他國語詩寫得好，台語詩也寫得好。詩思深刻細膩，文字精於鑄造冶煉，不留雜質。原本我對台語詩有個刻板印象，覺得台語詩常常是憤怒的，自我炫耀的、販賣迫害感的，甚至黨同伐異、排資論輩的。這種情形，應該是開拓詩的處女地的必然陣痛吧，一定會有很多優秀作品，等著在調整我這種刻板印象。讀了長青兄的台語詩，更增加了我的信心。

　　長青兄的詩，少憤怒而多憂煩，少迫害感而多體貼心。《風聲》詩集讀後，印象最深的，是書中對「記持」、「往事」的體會。記憶與旅行，兩個相反的概念，一個已成過去，一個尚未到來。在人生的旅途中，記憶扮演著重要的角色。因為記憶涉及自我認知，它會在未來的人生旅途中，有或多或少的變形。當個人的命運受到外力重大扭轉的時候，記憶可能也會跟著重大扭轉；記憶的調整，放大了部分事實，扭曲了部分認知，或者後設地以他人的研究代替了自我的理解。總之，記憶不單純

是「想當年」，把一個不曾變化的往事反覆地提取出來。記憶，是浮動的。

詩集中有一首題為〈記持〉的詩，是這麼寫的：

有人講這種物件

無法度號名，有人講

這款的筆劃袂當按算，嘛有人講

每一遍想起彼當時，就是永遠

按呢，永遠就會當繼續

繼續走揣任何可能的

隙縫，按呢

記持才會當一直幫贊

幫贊咱對一生的理解

按呢，不斷予咱論說

予咱比例的過去才會當繼續聽

風聲

繼續講、繼續想，繼續恬恬

讀佇心內，印作頭殼內底寂寞的

風雨，悲喜流離的油墨

按呢，記持就成做沿路的溼氣

平常時，淺咬佇夢的海岸

一排一排聲勢綑綑的防風林

等待人生的日頭

曝久了後，思念愈來愈

烘，心肝頭的稀微

就愈來愈焦鬆……

　　這首詩是組詩〈旅行〉的最後一首。旅行是開放的，充滿不確定性。此詩的旅行是人生旅程。在人生旅程中，長青特別看重追憶。追憶過去，能解釋時便解釋；不能解釋時，就放著，如同任由溼氣咬著海岸。不否定它，等待可能的縫隙，給它一個位置。有的人記憶過於清晰，清晰到他誤以為所有回憶

曠闊的滋味

都是歷史的再現，於是他就不在意悲憫。

　　一個人活在世間，誰沒有或多或少不堪的過去呢？即使是一個形象高大的人，也總有一些時刻，不那麼善良，不那麼英勇，不那麼高貴。即便清操自期，也難免在某些論述裡，被劃歸到帶有原罪的位置。默許記憶變化的人，知道記憶的變形，知道人生的軟弱與得來不易。記憶也才敢在新的時代裡，用後起的詞語述說自己的面貌。記憶不敢打擾當下，它需要諒解與寬容。不能讓仇恨反覆地將它推入陰暗，它才有機會曬得膨鬆。

　　記憶的內容，便是「往事」。往事不被評價的時候是中性的。中性的故事裡，蘊含很多家鄉的、屬於自己的親切力量。長青兄深知敘事的含蓄性，乃以繩子喻往事，說「往事」是一種繩索，帶有精神力量，能夠給現實的我們綁得更緊更穩妥。〈名詞解釋〉的〈往事〉一詩解釋「往事」是：「佇現實生活中／直欲袂喘氣的時陣／／會當共咱／挽牢牢的／一種無形體的／物件」。〈索仔〉一詩也說，人們常常在現實中、在夢中跌跤，卻又有能力再度站起來，是因為「手頭閣有一條／號作往事的索仔／／共阮／挽牢牢……」。兩首詩的往事，都是有故鄉一般的安穩力量，在現實中牢牢綁住我們，避免陷入危險。

　　長青兄的詩中還有「覆蓋」的意象。例如他寫玉山的日光：「照光線按呢掖法：／一片，崁過一片／一斤，疊過一斤」

風聲

（〈位玉山返來〉），而寫玉山上經年覆蓋的雪，則說：「赫爾白鑠鑠的／雪，是你久年收藏的時間／抑是意志的面皮」（〈色水〉）。此外「烏暗暗的天／崁佇深深眠的床」（〈家己〉），也用了「崁」這個詞。而教人印象最深刻的，是在〈別人〉一詩中：

原來彼的別人不只隱居咱的心

嘛恬恬蹛佇艱苦的土地，成作一沿

一沿彎彎幹幹的皺痕，崁過北韓

神聖的軍事基地，崁過三星

生產線的烏暗壁，崁過香港縛鐵仔工

抗議的喝聲，崁過311了後

日本海的蒼茫，崁過衣索比亞

咖啡農民頭頂的大日，嘛崁過

台灣西部繼續陷落的海岸地層

這首用力經營的長詩，詮釋諾貝爾文學獎得主帕慕克〈爸爸的箱子〉一文之見解：作為一個作家對我來說，就是用許多年不厭其煩的追求，去發現心裡那個「祕密的別人」。每一個人

都有一個「祕密的別人」藏在你的心裡。長青詩中的「別人」，在我讀來，總覺得蘊含兩個意思。一是某個特定的別人，如帕慕克所說的文學家父親。這個可愛的別人深藏在你心裡，我們的創作就是深深地認識他，並描繪他給予你的啟示。另一個意思，是說所謂的自我其實並沒有那麼獨立完整，我們自我的形成，來自許多對別人的繼承或反抗。這個別人甚至可能是我們反抗的對象。引詩中的可愛別人，不只是隱居在我們內心深處，更隱居在土地上，等待我們細細地去與他對話，聽他說故事。然後我們的詩，應該負責把他轉述出來。詩中大量的「崁」字，一再表達覆蓋、覆蓋、覆蓋。在這些覆蓋中，我感覺到一種溫柔的摩挲，想要撫慰傷痛與不幸。

長青的旅行，是攜帶著記憶的旅行。題為〈旅行〉的組詩，除開頭二首有旅行字樣外，內容大多與追憶有關。聽長青說旅行，感覺是一場豐富的內在探索。往事當時的意義，可能要多年以後，濃霧散盡，才彰顯得出來。〈旅行〉、〈批〉、〈物件〉等組詩，都是用力處理的大作品。值得注意的是：這些詩都用台語，幫不同族群的人說故事。當我們能以別人的立場說故事時，便有了理解，便能從黨同伐異的山頭離開，而更靠近同體大悲。在這個充斥撕裂的年代，溫柔、慈悲與智慧，更顯出珍貴的價值。

風聲

二

　　長青對創作的看法，也在詩集中可以一窺端倪。前文提到的〈別人〉便是重要的作品。此外，用來當詩集名稱的〈風聲〉，也可以看作論詩詩。

　　　　我聽到風的聲
　　　　佇 12 月天肅穆的冊房

　　　　伊咧講
　　　　啥物所在
　　　　是按怎□□的世界

　　　　按怎□□的世界
　　　　按怎□□世界

　　詩中的□□，不妨試著填入一些詞：

　　　　　　曠闊的滋味

「啥物所在／是按怎無理的世界／／按怎無理的世界／按怎統治世界」、「啥物所在／是按怎心適的世界／／按怎心適的世界／按怎創治世界」、「啥物所在／是按怎恐怖的世界／／按怎恐怖的世界／按怎威脅世界」、「啥物所在／是按怎美好的世界／／按怎美好的世界／按怎要求世界」……

書房裡，由於不同思潮、不同作者吹起的各自的風，風聲過後，浮現的答案便迥然不同。

我聽到風的聲

才開始了解

無仝方向

就有無仝的

疼痛

你的夢想，是我的煩憂。我的痛苦，是你的花朵。同樣是微笑，你是期待，我是退讓；你是說服，我是拒絕。

意識到人與人之間必然的紛歧，必然有的疼痛，長青兄也看到勉強求同的無謂。也因此，他去聽「微微曠闊的／時間」。

風聲

在包容一切的至大寬闊中，或許殊異就有機會顯得相同。只是這種至大寬闊，只是一種理想。處在僵局中的我們，只得從微微的寬闊中，去探測和解的可能。詩的「愈來愈寂寞」，也許是因為僵局的緣故。

世界本來不同，〈無底深坑〉一詩，說到「無平（pênn）的世界」與「不平（pîng）的世界」。世界無平，高下相形、音聲相和，反而彰顯出風景；世界不平，彼此之間有是非黑白、恩怨情仇，我們卻很難把它視作風景。因此我們需要寬闊的時間，隔開它，遠遠地看。前詩所言的曠闊，在前文〈讀詩〉曾經提過。那是長青揣想的晚年心境，一種理想的、成熟的、令人憧憬的境界。每一個小物件，瓜子殼、石頭、花蕊，都可能蘊含曠闊。一沙一世界，一花一天堂。在曠闊中，即使是不平造成的差異，也有機會變成美，可以靜心欣賞。

在〈筆〉這首詩中，提到語言有其極限：

伊知影世事

無法度全然訴出

伊知影語言

曠闊的滋味

無法度將心事的行跡
交代完全

伊知影話句
無法度共生活的歡喜佮憂煩
攏總講盡

親像心的田園
苦澀但是多情的鋤頭

寫過長綿綿的批信
了後，才會當寄予天的鬢邊
涯的喙角

　　詩的含蓄，與語言有其極限正好呼應。世事無法全然說
出、心事無法交代完全、內在的田園無法全部挖掘，因此，
詩，本來就只表達了部分的自己。含蓄是詩的宿命，詩在創作

風聲

上必然是含蓄。此一宿命就限定了在閱讀時必然不能苛刻，不能拷問。詩的不說，不是逃避。用偵查之心讀詩，詩只能淪為呈堂證供，而不可能起任何洗滌、啟示的作用。

　　而在〈我的憂煩失栽培〉一詩中，長青用幽默的口吻，開自己的玩笑。如果好好栽培自己的憂鬱，或許自己會變成「一團五彩的雲朵」、「一尾扭捩的海蛇」、「一隻多情的麒麟」呢。站在舞台中心、光彩耀眼、成為受萬眾矚目的詩人，其最大的資本竟然是「憂鬱」，幽默的同時，也具諷刺之意。

　　此外，〈家己〉一詩，似可看出長青對台語詩的看法。這首詩似乎是作者回答他人的質問。這位他人，可能是〈信徒〉一詩中「正宗的炕肉飯」的教派信徒，咄咄逼人、要求交代立場。長青感慨：同樣是藍，海浪與天空不能相互瞭解；同樣是暗，夜空與眠床不能相互依偎。縱使運使台語如運使官能，聞得出路寒袖與宋澤萊的差異，說得出四月天與五月天的不同，但在質問者的認知裡，「頭殼內底已經拍袂出／任何可能的畫面」同樣戴著詩人桂冠，不能相互瞭解，或許是因為對詩有著南轅北轍的認知吧！對長青來說，記得自己是誰，記得初衷，是詩人之所以可貴的地方。

　　但這首詩讀起來也像是自我的質問，自己在追索自己的定位是什麼。因詩人嚴以律己，所以嚴屬苛刻的對待。甚至責怪

曠闊的滋味

由於自己忘記自己是誰，不知自己所由來，所以「你講你雄雄無法度認出／我是啥人」，似乎讀來也有一番道理。

　　長青還有三首送給台語詩人的小詩，也反映創作觀。贈林沈默的〈草地〉一詩，說出「你所愛的草地／原來，就是誠實的生活」；贈詹義農的〈中文系〉一詩，寫出詩人尋找台語古字詞的熱情與用功；贈宋澤萊的〈路途〉一詩，較為隱密，但詩中雲的形象，或變成雨水流入世間，或保持霞彩妝點天空，似乎也可以理解作文學家的不同自我期許。另有〈宴會〉一詩，當是為《台江》台語文學季刊的創立而寫，詩中寫著光失眠、路延展、雨汰洗著山頭、水無聲潛流，有志同道合者各自努力的相知之情。

三

　　我願意花一些篇幅，記下我對這整本詩集的印象。

　　《風聲》詩集在編排上，分作四輯。輯一「你坐佇我的心內」，或組詩，或長詩，多為討論嚴肅議題的大作品；如〈批〉、〈物件〉、〈旅行〉等組詩，均用不同的角度刻畫台灣的面向；〈你坐佇我的心內〉組詩，寫玉山，也以玉山暗喻台灣母土；〈別人〉既是向土耳其文豪帕慕克的致敬，也是作者對文學

的思索；〈咖啡〉思索勞動者、跨國資本家、消費者之間的關係。前文雖未重點討論此輯，但這一輯的作品顯然是代表作。

輯二「風聲」，多為短詩，隨時迸發，頗見性情。書名《風聲》，亦出於此輯。輯中有贈人的小詩，如〈路途〉、〈草地〉、〈中文系〉等詩贈台語詩人，〈宴會〉贈《台江》雜誌的台語文學同志。〈寄望〉、〈號碼〉、〈治〉等三首監獄詩，站在囚犯的立場，寫的是被囚禁、嚮往自由與希望。也映照出歷史上台灣人有過的處境。〈讀詩〉，寫人生不同階段讀詩的心境變化。〈朋友999個〉思索社群網站Facebook對現代人的衝擊。〈招牌丸子麵〉取材自生活中的趣味片段，稍加渲染發展；〈高鐵〉寫一種高速的感覺，一切都還沒準備好，但已經在前進了。〈心悶〉是首思念的情詩。〈風聲〉是論詩詩，也是講社會的詩。〈教室〉反思教育的養成。人們以為自己受了教育後，掌握了自我也掌握了世界。但其實人對自我的認識只能是片斷的，沒有充足上下文的，不知所由來不知何處去的。這首詩如果用宗教的角度解讀，可能可以解說得很精采。

輯三「我的憂煩失栽培」，以地誌詩及地方文學獎獲獎作品為主，也有一般短詩。其中〈家己〉、〈無底深坑〉、〈過程〉是台南文學獎得獎作品，所詠與台南地方無直接關係，足見主辦單位為台語文學提供廣大的發表舞台，彰顯台南的重鎮地位。

〈竹南庄，佮民宿頭家食暗頓〉為苗栗縣夢花文學獎得獎作品，寫美食、寫人情、也寫歷史神話；而〈大貝湖捌共我講〉、〈台中公園〉、〈草湖芋仔冰〉等地誌詩，或訴諸少年回憶、或訴諸男女感情，用故事的方式來寫地方之美。〈離開〉、〈身騎白馬〉二歌，靈感均由聽流行歌而來。〈離開〉一詩，實可與〈旅行〉放在一起看，二詩相互輝映，深可玩味。〈身騎白馬〉說的是薛平貴的故事，但經徐佳瑩詮釋後，已成為女性追求愛情奮不顧身的象徵。此詩繼承了徐佳瑩的詮釋。另外前文提及的〈名詞解釋〉、〈我的憂煩失栽培〉、〈信徒〉、〈索仔〉等四首短詩，也都收在此輯中。

輯四「戰爭不管時」諸詩，則為「返常：2013亞洲藝術雙年展」觀展後所作。面對藝術品的強大力量，長青以多首台語詩回應致敬。

四

在我的猜想中，長青應該常常被人問起有關語言的問題。

同樣是跨文類的詩人，我也思考過：什麼時候傳統詩？什麼時候現代詩？什麼時候台語詩？什麼時候四句聯？

這些問題說複雜也複雜，說簡單也簡單。題材出現了，它

就會告訴你，它適合降生在什麼樣的肉體凡胎上。

隨著第一句詩的出現，第二句詩的追隨，一個完整作品，就會跑出來告訴你，他的肉身是何者。

但是，也要有能夠孕育肉身的能力。就比方，此時此刻，好適合彈琴，但我不會彈琴，就無法演奏。

長青兄在語言上做了足夠的工夫，道地的台語，精準的用詞。閱讀過程中，我才知道原來台語還有這麼多貼切的名詞，足以驅使如此複雜的思索；有這麼多精準的形容詞，足以描述曲折幽微的狀態。這必然是在生活中、乃至書本上下過足夠工夫的人，才能辦到。如果工夫下不夠，寫台語詩，必然因為找不到精準的形容而左支右絀。台語詩不容許任意截搭造詞。以往的閱讀經驗中，國語的現代文學，常常以單字、別字、字面感來創造新的詞彙（如臻亮雙眼、茂色華樹、澄透的肌實……此類），在這些大量的劣詞圍標下，道地的語言消失不見了。而誤用外地方言，也能創造出口頭不存在、書面難理解的奇異用語。如今要回歸台語詩，彰顯台語有音始有詞的特性，必然會追求語言的道地與純淨，在此基礎上進行創造的活動，豐富文學的內涵。想起來，這真是一件令人期待的好事啊！

曠闊的滋味

【跋四】

呼吸的溫柔

張經宏

　　某夜長青來我家，音樂正好播唱劉若英的〈後來〉，他說這歌讓他頗感傷，「為什麼？」「回不去了。」長青說。

　　「甚麼意思呢？」

　　「就是回不去了。」

　　這個有說等於沒說的回答，後來我倒有些明白了：長青的不說，或欲說還休的**那裡**，或許恰是詩的入口處？習慣於追問細節、鋪排敷陳的心思，比較堪用於小說創作吧。

　　如果小說是「滿園春色關不住」，那麼詩便是「山中發紅萼」。

　　長青一向話少，即便整夜閒坐，安靜的時候居多，而慣於出之以各式的嘆息。有的嘆息近於哀傷，有的是讚許或意義不明的沉喟。比諸言語，許多時候嘆息所透露的心思反而耐人尋味。沉默的雄心，偶然的失志。風霜的細節，誰堪聞問。

　　他的呼吸深卻也糾結，相識幾年下來，眉間的淺紋漸漸長出深溝。若干年前，當我還是個純粹的讀者，閱讀時常常揣想

寫這文字的人的呼吸。如今有寫作者來到眼前,我仍好奇於作者的頓挫吞忍處,是他自闢蹊徑的金針指南?還是肉身突破重圍的迷途花徑?

長青又將出版台語詩,於詩我是門外漢,只能說些門外的觀感與懷想。數十年來台語遭沉埋壓抑的這命運,使得我輩在小說寫作,於傳情達意的幽微關節處,往往遍尋不著相應的文字而未能中其要害,轉而挪借他詞。這也是此地創作者共同面臨的課題吧。

現代詩踵事增華至今,在思議之路上騁才使氣者,多有所聞;於不可思議之途閃瞬的吉光片羽,也時有所見。若說現代詩競相以情思意念為爭豔的前庭,那麼音韻聲腔上的詩境後院,似乎淒涼清寂。平常我們說的讀詩,其實是在看詩。

曾經有其他文類的作者旁觀現代詩朗誦的場合,對那樣的活動表示不解。那或許是因為,詩這類的創作已習慣躺在紙頁之中,離了生活而為的朗誦,多少顯得刻意造作吧。

在心為志,發言為詩。每一個創作者從心到口的距離,該如何測量?

雖說入眼的台語詩多少因陌生而有些隔閡,但讀者若啟以口齒,以呼吸聲韻、唇舌喉牙間的鼓湧,在咀嚼涵詠之間輕喚,沉吟,呢喃,詩的另一個真身或許漸次甦醒。詩歌後院的

呼吸的溫柔

池塘春草，園柳鳴琴，迥然不同於前庭的劍戟錦簇。

我試著讀誦這些，並不算容易閱讀的文字，詭譎的是，種種隔之又隔的難以言說的困境，反而讓我嗅到了荒原本身的豐饒氣息。有些斟酌的文字身後附上拼音，又使我恍然：那些漸漸在日常唇吻邊消散的，曾經活過的言詞，它們在文字上的模樣長成這般啊。

這次詩人說的仍是生活，生活的落葉、此起彼落的風聲，堪與不堪的心念，著墨濃淡、說與不說的眉間心上，多少泥爪停留？熱鬧庸常的庭埕前，詩的神靈來過幾回？

台語詩於許多觀望談說的人眼中，一向是荒原。在蒼涼與富饒交織的野地上，泥濘清新，稠滯溫潤，是古老的呼喚，也是全新的觸摸。荒原上已然落土的種子，也許有日終將開花。不知這種企盼，是否也帶有幾分詩意的嚮往？

風聲

【跋五】
在理想飄搖的幽徑之中
——讀李長青《風聲》

謝三進

　　我第一本讀完的台語詩集，便是李長青的《江湖》。身為一名自國文系轉台灣語文所的新詩讀者，台語詩是我無法閃避的難題。面對著不熟悉的羅馬拼音系統，夥同離鄉多年業已淡忘的母語，閱讀的多重阻礙，都令我無法順利進入此畝園地。

　　直到翻開《江湖》，其倚賴漢字以表音，排除了閱讀流暢度的問題（當然語音傳達的準確度也得有一定程度的犧牲），且不落俗套、擅長內心描寫的寫法，華文詩達成的深刻，李長青也在台語詩中撐起了同等的感動，讓我放下了對台語詩的許多刻板印象。因此使得《江湖》如此適合讀慣華文詩的文藝青年，當作開始閱讀台語詩的第一本詩集。

　　只是對於許多已經滿足華語詩高度表現、也習慣華文詩作為台灣新詩代表核心的讀者而言，台語詩存在與否，似乎並非重要的命題。寫此文時，我剛自一場兩岸交流的詩會中返國，

交流過程中，同行一位來自四川的女詩人鄭小瓊上台以四川話朗誦作品；出生於澳門的八〇後詩人袁紹珊，四月來台參與小小書房舉辦的國際青年詩人工作坊時，也是以粵語表現詩作。從這兩位詩人的表現，我們可以看到書面文字或許可以寄託於漢字，但母語作為書寫者無法去除的背景聲響，其實是不能抹去的。

在中國的詩人以母語進行創作，而在台灣，熟習台語的書寫者，將其母語作為寫作時所使用的背景語言，當然也是理所當然，且應當予以實踐的。你或許可以猜想，三〇年代，若賴和舉辦詩歌朗誦會，應當也是以台語表達一首又一首或溫柔或激憤的詩作吧。台語詩無論是作為一種語言的復出，或一種族群理想的實踐，都值得當代的台灣詩人一試。

只是台語面臨的情形可能較四川語、粵語更為困難，在有語言而無文字的情形下，台語文學創作者無論選用漢字，或採取羅馬拼音系統，其產生的書面作品都令讀者卻步，此種文字系統的借位、錯位，都在創作者與讀者之間產生了曲折的阻隔。而早在華文詩壇闖出名聲的李長青，繼《江湖》之後，竟又膽敢推出第二本台語詩集《風聲》，繼續投身此疆域的開拓，可見其已將台語詩視為其畢生創作的重要志業。從《江湖》到《風聲》，可明顯看出以羅馬拼音標注發音的頻率增加，以求更

風聲

精確的標音，同時也是因為所用台語詞彙難度的提高。而收於此集中的〈中文系〉一詩，也記錄下李長青著手認識語音學的勤學歷程。身為一個秉持理想、肯實踐的詩人，縱然有時也會遭遇質疑、誤解，但李長青在台語方面的耕耘確實值得整個詩壇的關注。

然而，越是真心耕耘台語詩，越得面對許多取捨：是要配合大眾讀者的台語程度，以取得廣大讀者的接受？還是專注投入台語詩質的淬鍊，攀升語言實踐的高度？權衡於討好與理想之間，使得《風聲》不可能再如《江湖》一般可親可近。這並非李長青在寫作技藝方面的退讓，反而是為求得將台語詩推向新的階段，狠心不再為討好讀者，而輕易退讓詞語的使用──不能只選用讀者熟悉的、簡單的詞；不能因為尋求大眾讀者的理解，而放棄語音的實踐──古人讀《詩經》以「識蟲魚鳥獸之名」，今日我們又怎不能讀《風聲》以識台灣語文呢？台語詩這個沉重的十字架，李長青以《風聲》一肩扛起，面對著這樣用心的寫作者，我們豈能繼續當懶散的讀者。

在《江湖》的後記中，李長青曾如此說明：「為了避免文字流於過度淺白與混亂，也為了兼顧文字表現上的整體質素與聲腔……在這本詩集中我還是選擇盡量探求字根字義與其字源，不直接以羅馬拼音作為代字，期望以漢字寫出古典又現代的台

在理想飄搖的幽徑之中

語詩。」為的是避免漢字夾雜拼音或全盤採用拼音，因文字系統上的跳躍，而對閱讀造成的混亂、阻斷的現象，畢竟大眾對台語的熟習程度有限，若單純以標音呈現，恐怕對讀者更是嚴苛的挑戰。但從李長青收錄於《江湖》中的詩作，可發現約莫在2007年至2008年之間，在漢字後面夾注拼音的用法開始增加，可見李長青發現欲全依賴漢字表達台語字音是相當困難之事，詩的可誦性令其標音絕不可棄，遂仍需借用拼音系統以全其音。依此脈絡下來，如今在《風聲》看到羅馬拼音的大幅增加，但仍保留以漢字為字面表意主軸，可見李長青於台語詩的文字系統上已有其明確的主張。

在《風聲》一冊中可屢屢見到鎔鑄羅馬拼音的重要性：比如〈無底深坑〉一詩，出現了「無平的世界」與「不平的世界」，同樣的「平」卻有文讀音與白話音的不同，若單以漢字表示，便容易錯過語音上微妙的變化；又如〈批〉中「頷頸（ām-kún）」、「共我的手扲（gīm）絚（ân）絚」讓我們能從讀音更確定詞意，或者不識得的生詞如「盤撋（puânn-nuá）的話句」，起碼猶能得到其讀音；又如萬萬不能失聲的狀聲詞：「霎（sap）霎仔的／雨聲」，若無特別標音，在台語文盲如我者便會淪為消音。相較於較易讀懂的《江湖》，李長青在《風聲》中，確實狠下心採用了許多更為艱深（或謂失傳於年輕一輩）的台語詞

風聲

彙，這是一種寫作者不願自我重複的堅持，也是決意重新喚發母語的決心。

除了語言的堅持之外，在詩藝的經營上，李長青也是絕不讓步的。林央敏為《江湖》寫的序言中，藉德國學者普遍論詩的兩種類型：民間詩（文字質樸自然）與藝術詩（重藝術表現），指李長青的台語詩是「台語的藝術詩」，是講究技巧的創作。在此集中，對技巧的要求與嘗試仍舊可見。如〈高鐵〉：「窗外的……／田岸草叢樹林路燈市街山風海雨……」、「茫茫渺渺渺渺茫茫的……／雨云……色……」以「……」與斷裂的句子表現高鐵行駛中，不斷快速錯身的景色，或者「抑閣……愛人……／猶未講完的……話……」未及收斂的分離情緒，李長青巧妙表現出這種表象與內心的速度感；同樣善用標點符號製造技巧的〈我的憂煩失栽培〉一詩：「（無定著／你本來會當舞作／一團五彩的雲尪）」、「（凡勢／你本來會當飛作／一隻多情的麒麟……）」以括弧作為內心推想的標示，增添了游移猜想的語氣；也有圖像詩一般的視覺經營，如〈離開〉一詩：

越頭，看天頂一痕一痕

熨金（ut-kim）的雲

在理想飄搖的幽徑之中

親像一逝一逝安靜的條碼

一條　　　　　──

一條　　　　──

一條　　──

一條──

　　　　──

　　張經宏為《人生是電動玩具》李長青這本華語詩集所寫的序，提到「近年長青又擅用空格隱喻（□□之類）」，遙憶九二一大地震的〈10年〉一詩，便以「□□」穿插在文字間，表達震災帶來的種種物理上的破壞，同時也是情感上的不忍卒睹：「□花□草□山嶽／樹林□□□河流□……那一夜／地層□□／神祕的光影／□□亂□碎散」。《風聲》集中發表於2010年的〈風聲〉一詩，也使用了□□：「我聽到風的聲／佇12月天蕭穆的冊房／／伊呵講／啥物所在／是按怎□□的世界／／按怎□□的世界／按怎□□世界」留下空格讓讀者自行思索，讓「風聲」在讀者之間流動。

風聲

　　當然使用□□來創作的詩人，李長青並非第一人，早在1989年向陽便在〈一首被撕裂的詩〉一作中，以□□表達政府對白色恐怖造成的種種空白，或1992年的〈發現□□〉，以「□□」取代「台灣」，表示土地歷史與本土認同曾經是不可說的禁語。李長青挑戰□□的使用，或許也有向前輩致敬之意。

　　縱使呈現於書面的台語詩，仍無法擺脫許多傳播上的困難，但回到語言本身來看，台語於當今的台灣社會並非不具魅力，從許多受到高度歡迎的台語流行歌（如江蕙、五月天等歌手與樂團的台語歌作品）；或者電影《悲慘世界》的歌曲〈Do You Hear the People Sing?〉，經詩人吳易澄填上台語歌詞而成〈你敢有聽著咱唱歌〉；滅火器樂團為太陽花學運所寫的代表曲〈島嶼天光〉，都再三證明台灣民眾對於台語依舊具有相當豐富的情感與一定的理解能力。只是當有音無字的台語，要轉換為文字的詩，在「音字轉換」與「詩意提煉」的雙重障礙下，台語詩似乎便不是那麼容易就能打進群眾之中。李長青當然也知道台語詩的「小眾」，文學本來就不是為了取悅大眾而來，反而應當起到引領社會的作用，李長青大可優游在華文詩的領域，但他卻義無反顧走向台語詩的莽林，不是不怕孤獨，只是更怕理想無法實踐，遂勇敢扛起台語詩鈍重的十字架，為廣大讀者踩踏出，一條並不熱鬧但重要的路……

在理想飄搖的幽徑之中

九歌文庫 1168

風聲

著者	李長青
責任編輯	羅珊珊
創辦人	蔡文甫
發行人	蔡澤玉
出版發行	九歌出版社有限公司
	台北市105八德路3段12巷57弄40號
	電話／02-25776564・傳真／02-25789205
	郵政劃撥／0112295-1
九歌文學網	www.chiuko.com.tw
印刷	晨捷印製股份有限公司
法律顧問	龍躍天律師・蕭雄淋律師・董安丹律師
初版	2014（民國103）年9月
定價	**220元**

書號　　　F1168
ISBN　　　978-957-444-959-0
（缺頁、破損或裝訂錯誤，請寄回本公司更換）

本書獲 國｜藝｜會　文學類　創作補助

國家圖書館出版品預行編目資料

風聲 / 李長青著. – 初版. --
台北市：九歌, 民103.09

面；　公分. -- (九歌文庫 ; F1168)

ISBN 978-957-444-959-0(平裝)

863.51　　　　　　　　103015520